K的昇天

或K的溺死

梶井基次郎＋しらこ

首次發表於「青空」1926年10月

梶井基次郎

明治34年（1901年）出生於日本大阪府。少年時期罹患肺結核，長大後雖活躍於同人誌《青空》，但在第一本創作集《檸檬》付梓的隔年，便以31歲的年紀在故鄉大阪去世。在《乙女の本棚》系列中，除了本作之外，還收錄了《檸檬》（梶井基次郎＋げみ）。

繪師・しらこ

出生於岐阜縣，居住於東京都。大學時期鑽研建築及設計，其後因閱讀了外文繪技書籍的契機，開始學習風景畫及色彩理論。如今主要活躍於繪製書本的裝幀畫。青山塾插畫科第21屆修畢。著有《ILLUSTRATION MAKING & VISUAL BOOK》。

你在信中說，K溺死的事情讓你相當煩惱。那是一場意外嗎？抑或是自殺？如果是自殺的話，原因是什麼？是否因為罹患了不治之症而厭世？這種種的臆測，讓你決定寫信給素昧平生的我。

我結識K的地點，是在那知名療養地的N海岸。那只是一段偶然的相遇，而且我跟K相處的時間只有短短的一個月。我是讀了你的來信，才知道K在那裡溺死了。我非常震驚，但同時我的心中閃過了「K終於前往了月世界」的念頭。為什麼我會產生這種奇怪的想法？這正是我現在要告訴你的事。或許這將會是解開K的死因之謎的關鍵線索。

我已記不得那是什麼日子了。我只知道那是我到了N地之後的第一個滿月之夜。我因為染病的關係，那陣子每天都難以入眠。那一晚，我決定下床不睡了。幸好當時有著皎潔的月光，我走出了旅館，踏著錯落的松樹黑影，朝著沙灘的方向邁步而行。沙灘上一道人影也沒有，只有被人拖上了岸邊的漁船，以及捲漁網用的轆轤，在雪白的沙灘上投下了鮮豔的影子。當時正是退潮時間，一團團狂暴的浪頭在月光下席捲而來，在沙灘上裂成碎塊。我點了一根菸，走到船尾處坐了下來，眺望著大海。當時已是深夜時分。

過了一會，我把視線轉向沙灘的方向，發現沙灘上除了我以外，還有另一個人。那就是K，當時我還不認識他，那一晚我們互相報上了姓名，不過那是後來的事了。

我不時轉頭朝那道人影望去，心裡逐漸有些納悶。因為距離我三、四十步遠的那道人影，也就是K，他似乎並非看著大海，而是背對著我，在沙灘上時而前進，時而後退，有時還會突然停下腳步。我心裡猜想，那個人或許是在找東西吧。因為他一直低著頭，身體往前傾，似乎是在凝視著腳下的沙子。但是他不曾蹲下，也不曾伸腳撥弄沙子。當時正是滿月，沙灘上相當明亮，或許因為這個緣故，那個人並沒有點火。

我雖然看著大海，但眼角一直注意著那道人影的一舉一動。我心中的奇妙感覺越來越強烈。幸好那道人影一直背對著我，從來不曾轉頭看我一眼，這讓我可以毫無顧忌地凝視著他的每個動作。一股說不上來的戰慄感，自我的背脊往上竄升。我感覺得到，眼前那道人影似乎有什麼東西深深吸引了我。接著我轉頭面對海面，吹起了口哨。剛開始的時候，我只是下意識地做了這個舉動。但後來我想到這或許能對那道人影造成某種影響，於是我更是著意地吹著口哨。起初我吹的是舒伯特的《海邊》。你知道這首曲子嗎？這是舒伯特為海涅的詩所譜的曲子，是我最喜歡的曲子之一。接著我又吹起了同樣譜自海涅的《分身》。這曲名或許也可以翻譯成「雙重人格」，同樣是我相當喜歡的曲子。

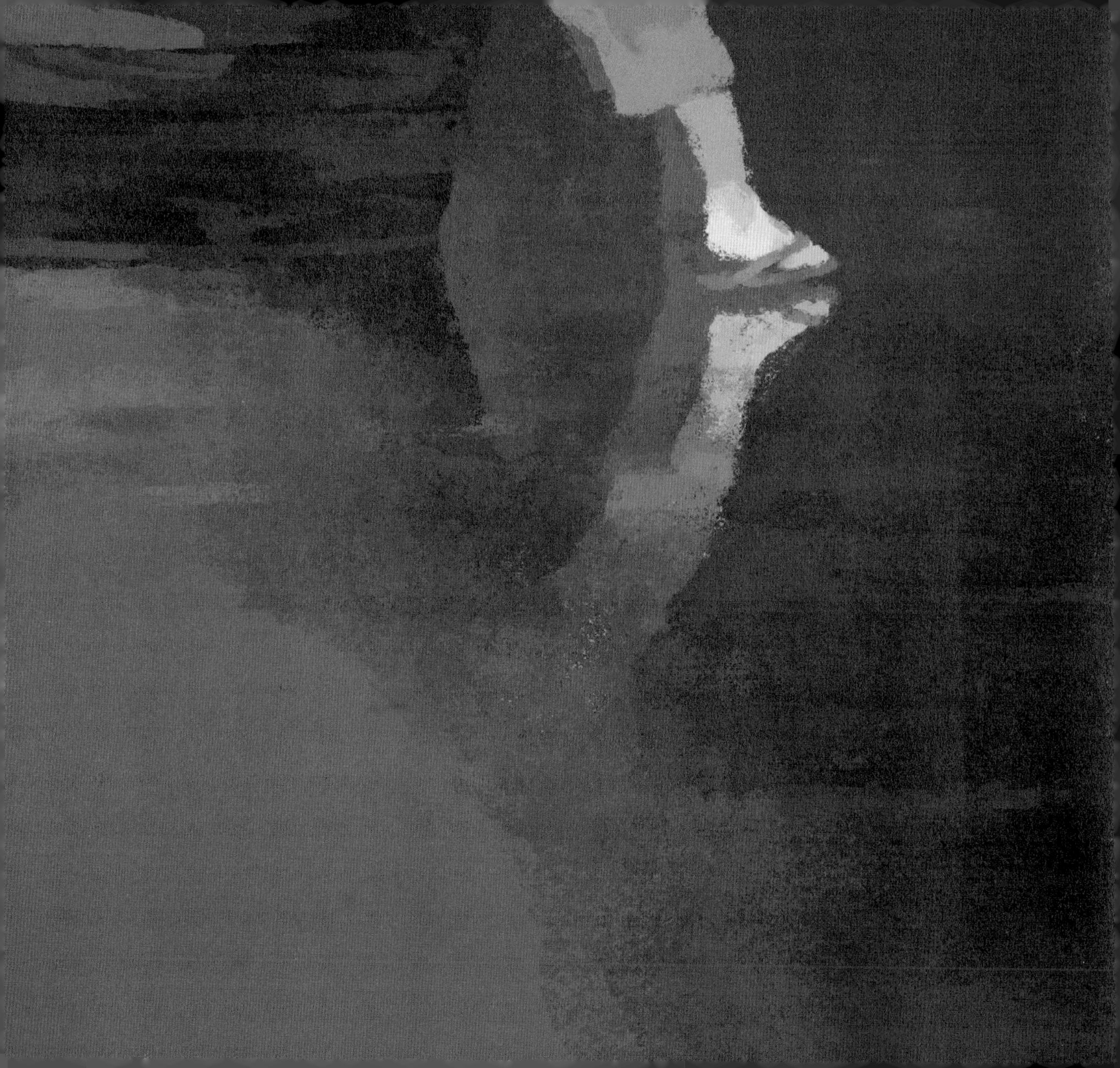

吹著吹著，我的心情逐漸恢復平靜。我告訴自己，那道人影只是在尋找遺失物而已。除此之外，我想不到任何理由可以解釋那道人影的奇妙動作。接著我心裡忽然有了一個想法。那個人可能不抽菸，身上沒有火柴，所以沒有辦法點火。如今我身上剛好有火柴。我相信那個人一定遺失了非常重要的東西，於是我拿出火柴，朝著那人影走了過去。我所吹的口哨，對那道人影沒有發揮任何效果。那個人還是一樣時而前進，時而後退，時而停下腳步。我正朝著他走近，但是他似乎沒聽見我的腳步聲。驀然間，我吃了一驚。因為我發現他的步伐踩在他自己的影子上。如果他是在尋找遺失物，他應該會轉身面對我的方向，讓影子落在身後才對。

微微偏離了頭頂正上方的月亮，正散發著月光，在我腳下的沙灘上投射出了約一尺長的影子。我心裡隱約察覺了不對勁，但我還是繼續走向那道人影。就在我走到距離那人影約兩、三間處時，我鼓起勇氣喊道：

「你掉了東西嗎？」

我扯開喉嚨大喊，同時舉起手中的火柴。

「如果是掉了東西，我這裡有火柴。」

我本來打算接著這麼說。但如今我察覺那個人並不是在尋找遺失物，這句話成了我向他搭話的藉口。

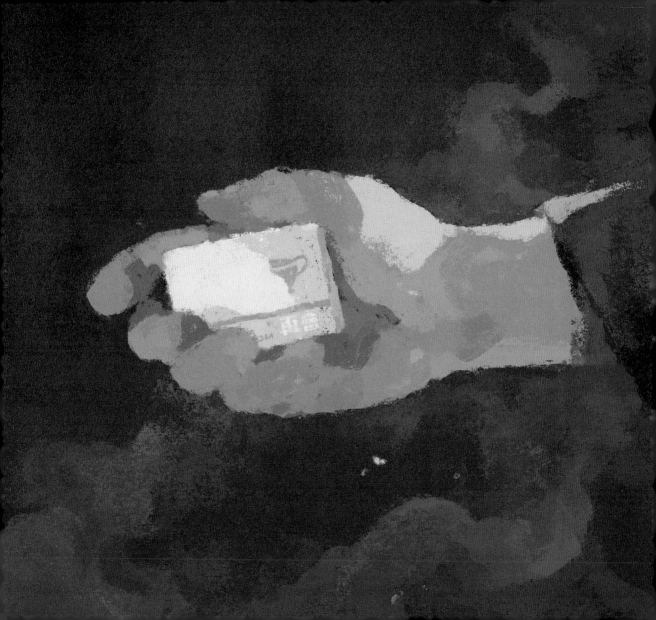

他聽到我的呼喊，轉過了頭來。我的腦海裡不知不覺浮現了「無臉妖怪」的畫面，心中的恐懼在那瞬間攀升到了最高點。

但是月光映照出了那個人的高聳鼻樑。我看見了他的深邃雙眸。他的表情突然變得有些尷尬。

「沒事。」

他的聲音相當清澈，嘴角漾著微笑。

我跟K就是以這種奇妙的方式相識。從那一晚之後，我們就變成了好朋友。

過了一會，我們兩人走回我原本坐著的船尾。

「你剛剛到底在做什麼？」

我這麼問他。K以呢喃細語般的口氣對我說出了真相。剛開始的時候，他顯得有些遲疑。

他說他在看著自己的影子。他說影子就像鴉片。

你聽到這句話，一定感覺很突兀吧。當時我的心情，就跟現在的你一樣。

海面閃爍著無數美麗的夜光蟲。我們面對著大海，K對著我說出了一段不可思議的話。

K說影子是天底下最不可思議的東西。他說只要你嘗試像我這麼做，一定也會產生跟我一樣的想法。他說只要仔細凝視著影子，就會越來越覺得影子擁有生命，會覺得那是一種外形跟自己一模一樣的生物。他還說看影子的時候，不能使用一般的電燈光線，必須使用特殊的光線，最好是月光。「我不知道理由，我只是相信了自己的經驗，或許這件事並不適用於除了我之外的任何人。就算這是在客觀上的最佳解釋，但要怎麼找出根據，卻是個非常耐人尋味的問題。人的腦袋，怎麼能夠知道這種事情？」以上就是K的論調。他完全相信自己的感覺，並且以一種無以名狀的神祕現象來解釋這種感覺。

他說當凝視著月光造成的影子，就會漸漸感覺好像有什麼生物隱藏在那裡頭。月光是平行光線，所以映照在沙上的影子，會有著與自己相同的外型，這是理所當然的事。影子短一點比較好，最好是一尺到兩尺之間。自己的身體靜止不動，比較能夠集中精神，但是影子本身最好微微晃動。這就是為什麼自己會不時前進、後退，偶而又停下腳步。他說你也可以試著搖晃自己的影子看看，就好像雜穀店把紅豆放在盆裡搖晃，挑出裡頭的碎屑一樣。仔細凝視那個影子，不久之後就會漸漸看見自己的外貌。沒錯，那會從「氛圍」逐漸變成「視覺」，也就是變成看得見的東西。以上就是K對我的解釋。

「剛剛你吹的口哨，是不是舒伯特的《分身》？」

K這麼問我。

「對。」

我回答。果然他聽見了。

「影子與『分身』。每到月圓之夜，我就會被這兩樣東西附身。那感覺就好像是看見了不應該存在於這世上的東西。自從我開始適應這種感覺之後，我漸漸覺得自己與現實世界格格不入。從此之後每到白天，我就會倦怠得像個鴉片成癮者。」

K這麼告訴我。

影子逐漸擁有自己的外貌。奇妙的現象，還不止這一點。隨著影子的形體越來越明顯，那影子開始擁有他自己的人格，而K的精神卻越來越虛無飄渺。就在某個瞬間，K發現自己的精神開始朝著月亮緩緩飄昇。當然那精神只是一種感覺，K自己也說不上來那到底是什麼，或者可以稱之為靈魂吧。那難以言喻的精神，就這麼沿著來自月球的光線緩緩昇天。

K說到這裡的時候，一對瞳孔凝視著我的瞳孔，眼神顯得相當緊張。但他似乎忽然想到了什麼，臉上露出微笑，化解了緊張的情緒。

「西哈諾不是曾經列出前往月球的方法嗎？我這個方法正是其中之一。不過就像朱爾斯·拉福格的詩中所寫的，

真是悲哀啊，

不管再來幾個伊卡洛斯，也難逃墜落的命運。

我也是一樣，不管嘗試幾次，最後都會墜落。」

K說完後笑了起來。

自從那晚的奇妙初識之後，我跟K每天都會見面，有時還會一起散步。隨著月亮逐漸缺損，K也越來越少在深夜前往海邊。

某天清晨，我站在海邊看日出，K也起了個大早，來到我的身邊。就在這時，剛好有一艘船划進了太陽光反射的範圍之內。

「那艘船因為逆光的關係，看起來像不像一幅影子畫？」

K突然這麼問我。我猜想他心裡或許認為，擁有實體的船既然能看起來像影子畫，那麼反過來說，影子也有可能看起來像擁有實體的東西。

「你對這件事真是熱衷。」

K聽我這麼說，不禁笑了出來。

K擁有好幾張等身大的輪廓畫。他說那都是他利用清晨從大海另一頭透出的太陽光所繪製而成。

此外他還對我說了這麼一件事。

「我讀高中的時候，住在學校宿舍。當時在另外一間房間，住著一個美少年。當他坐在書桌前的時候，在燈光的照射下，他的影子會落在房間的牆壁上。不知道是誰，用墨水就這麼沿著那影子描了下來。那陰影畫看起來實在太栩栩如生，所以我很喜歡逗留在那房間裡。」

在我聽到K這麼說之後，我心裡猜想這或許就是他開始對影子著迷的契機。不過我並沒有向他求證這一點。

當我從你的來信中，得知K溺死的消息時，首先浮現在我心中的畫面，正是那最初的晚上，K的那奇妙的背影。

「K一定是到月球上去了。」

我心裡的直覺這麼告訴我。而且我猜想K的屍體被浪頭沖上岸邊的前一天晚上，必定是滿月。為了確認這一點，我現在翻開了曆書。

除了這件事之外，在我和K相處的那大約一個月的時間裡，我並沒有察覺到其他任何有可能讓他自殺的原因。我的身體在那一個月稍微恢復了健康，因此我決定離開療養地，回到這裡來。但是K的情況卻剛好相反，他的病情似乎逐漸惡化。他的雙眸越來越深邃而清澈，他的臉頰越來越削瘦，鼻樑也越來越堅挺而醒目。

K告訴我，影子就如同鴉片。如果我的直覺沒有錯，K應該是被影子奪去了生命。但我並不打算拘泥於這個直覺。對我自己來說，這個直覺也只是當作參考而已。對於K的真正死因，我自己也是一頭霧水。

但我決定以這個直覺為基礎，試著想像那個不幸的滿月之夜到底發生了什麼事。

根據曆書的記載，那一晚的月齡為十五・二，月出時刻為六點三十分。到了十一點四十七分，是月亮的中天時刻，我推測K就是大約在這個時刻走向大海。我初次在沙灘上看見K的背影，也是在滿月之夜，而且時間也差不多是月亮的中天時刻。我進一步推想，當時月亮應該稍微往西方傾斜。如果真是如此的話，K當初口中所說的「一尺到兩尺之間的影子」，應該會落在北方略偏東方的位置。K正是追尋著那影子，朝著與海岸線斜交的方向，進入了海中。

隨著病情惡化，K的精神卻越來越犀利，我猜想他的影子在那天晚上，真的變成了「看得見的東西」。K可能看見了影子的肩膀，看見了影子的頸項。接著在些許的暈眩感之中，那影子的「氛圍」內終於出現了頭顱。經過了某個瞬間之後，K的靈魂開始沿著月光逆流而上，朝著月亮的方向昇起。K的身體不再受意識控制，只能在無意識之中一步步走向大海。此時的影子終於有了完整的人格。K的靈魂持續朝著天際上昇，而其形骸在影子的引導下，有如機械人偶一般走入了海水之中。緊接著一陣退潮時的大浪，推倒了K的身體。如果K的形骸在那一瞬間恢復了意識，靈魂應該也會回到身體內吧。

真是悲哀啊，不管再來幾個伊卡洛斯，也難逃墜落的命運。

K稱那叫做墜落。K是一個水性很好的人，如果這次他又墜落了，照理來說他不會溺死。

K的身體被浪潮推倒之後，就被海水帶往了外海。他的身體沒有恢復意識。下一個浪頭，又把他的身體帶回了岸邊。但他還是沒有恢復意識。海水一次又一次把他的身體推向外海，又沖回岸邊。然而他的靈魂，卻是不斷朝著月球的方向上昇。

肉體終於在毫無知覺的情況下結束了生命。根據記載，那天的乾潮時間是十一點五十六分。就在那個時間，K任憑著自己的形骸在激流中翻騰，靈魂朝著月球飛翔而去。

＊本書之中，雖然包含以今日觀點而言恐為歧視用語或不適切的表現方式，但考慮到原著的歷史背景，予以原貌呈現。

譯註

第10頁

【舒伯特】〔シューベルト〕Franz Schubert。神聖羅馬帝國奧地利作曲家，早期浪漫主義音樂的代表人物。享年僅31歲，短暫的一生卻創作了超過600首歌曲，以及19部歌劇、歌唱劇和配劇音樂、9部交響曲、19首弦樂四重奏、22首鋼琴奏鳴曲、4首小提琴奏鳴曲等。以自然、抒情的旋律聞名。

【海邊】〔海辺にて〕Am Meer。收錄在《天鵝之歌》（德語：Schwanengesang），目錄第957號，是舒伯特知名的套曲作品，為海涅的詩所譜的曲子。

【海涅】〔ハイネ〕Heinrich Heine。19世紀德國偉大的抒情詩人和散文家，同時也是傑出的思想家。他是作品被翻譯得最多的德國詩人。海涅最廣為人知的一首詩是《乘著歌聲的翅膀》。孟德爾頌曾為之作曲而倍受讚譽。

【分身】〔ドッペルゲンゲル〕Doppelgänger，原意為長相與自己極為相似的另一個人物，可以引申為神祕學中的另一個自己，也可以引申為心理學中的雙重人格。或譯為《雙重人格》或《另一個她》。收錄在《天鵝之歌》，目錄第957號，是舒伯特知名的套曲作品，為海涅的詩所譜的曲子。

第14頁

【間】〔間〕為日本的傳統單位。1間約等於1.82公尺。

第18頁

【夜光蟲】〔夜光虫〕即夜光藻，是一種會在海中發光的藻類生物。

第26頁

【西哈諾】〔シラノ〕西哈諾・德・貝傑拉克（Savinien de Cyrano de Bergerac，1619～1655），法國的劍術高手兼作家。

【朱爾斯・拉福格】〔ジュール・ラフォルグ〕（Jules Laforgue，1860～1887），法國的象徵主義詩人。

【伊卡洛斯】〔イカルス〕（Icarus），希臘神話中的人物，擁有以蠟製成的翅膀，能夠在天上自由翱翔。但最後因過於接近太陽，翅膀過熱而融化，伊卡洛斯墜入海中身亡。

解說

形神與救贖——《K的昇天》／洪敍銘

作為小說讀者，我們時常會有一些很相似的疑問，諸如，「為什麼某某作家能把這個主題寫得這麼好」？這種「好」除了是主觀的喜好外，事實上還隱含了一種相對的「深刻」，畢竟，文學作品總來自於生命與生活情境，這種總合的經驗敘事或轉化之所以能夠動人，通常也代表著「重合」——「我在你的作品中讀見了我」——或許便是讀者內心深受撼動的體驗。

對筆者而言，梶井基次郎是書寫「（正在發生）的疾病」極為出色的作家，他的獨到之處，從不是對於「病癥」的敘述，甚至他往往對於「病」僅是一語帶過，並不太正面地表述一個人生了什麼病，也時常迴避著描述「痛苦」的形狀。

但他最擅長的還是描繪「痛」，他筆下的痛，常源於在移動的時間裡，通過異常想像對於日常情態的刺激，反覆切換著二種截然不同的感官或視角的過程；換言之，他的小說中往往能夠同時看見「時間的流動」以及「人的改變」，時而絢麗時而灰濛、時而詭譎時而平淺，最終匯流於一個看似什麼都沒有發生的平緩日常裡。

也因此，梶井基次郎總會給人非常跳躍的、既「憂鬱」又「幻想」的閱讀感受——當然，對大部分的疾病與病體而言，這二者的情緒往往同時發生——或許，也來自於真實的、正發生在他的身體的事。同樣收錄於本書系的《檸檬》即是非常經典之例，再尋常可見的水果都能透過作家的異想成為令人驚詫的關鍵事物；然而，梶井基次郎寫的還是病，兼及了病體與疾病、與旁人、與世界的關聯，這也讓他的小說既日常又深刻，又兼具閱讀上的新奇體驗。

《K的昇天》，敘述一個可謂離奇的「懸案」。「我」在N海岸巧遇了找尋影子的K，在短暫相識的過程中，「我」和K從初見面時的異常與奇妙，到逐漸成為好朋友，發現K對於月光無以名狀的著迷與依存，最後「我」收到了K的死訊，進而重啟了這段相識的記憶。

全文的前半段書寫中，有一個非常重要的意象值得深入探究，那就是「我發現他的步伐踩在他自己的影子上」。表面上來說，「我」是在與「K」的人影追逐與互動中，不經意發現的驚異現象，而且這種現象是帶著某種違反物理性的異常的——影子的方向；這是梶井基次郎最為擅長，也是最為突出的異常描寫，他藉由文字的節奏與描述，讓讀者快速地在看似再尋常不過的情節中，猛然驚覺那種令人感到恐懼、頭皮發麻的細節，進而與書中角色產生同感。

更深層地來看這段「踩著影子」的敘述，實際上更是呼應了前述「我」在海邊吹起口哨，意圖引起K的注意，也不斷趨近內心好奇的內容，並幽微地解釋了為何「我」會對這個陌生的人影如此著迷、在意的原因。《分身》原文為"Der

Doppelgänger”，“Doppelgänger” 在德語的意思，即是「面貌極相似的人」，而且還具有「指某一生者在二地同時出現，由第三者目睹另一個自己的現象」的特殊意涵，而這個「另一個自己」的分身體或生魂，事實上貫串了《K的昇天》的主軸。

於此，筆者並不意圖將本書中的兩個主角「我」與「K」快速地畫上一種近於「敘述性詭計」的等號，但是，我們卻可以嘗試透過幾個情節中的細節，探索這種推測的可能性。

首先，那封K友人的來信，述說了K的死亡，也促使「我」藉由這段回憶的重述與重現，展開了對於K的死因的推理。有趣的是，梶井基次郎以「K終於前往了月世界」替換了「溺死」、「自殺」、「羅患不治之症」種種對於「死亡」（痛苦）的意義指涉。要知道，「我」和「K」在情節中不斷處在一種「此消彼長」的互動關係中，除了一開始在海邊的追逐外，最關鍵的還是那個共同存在二者身體裡的「病」。作者描述道：「我的身體在那一個月稍微恢復了健康，……但是K的情況卻剛好相反」，他們的外在容貌有了相互對應的改變，但精神世界卻不斷地趨近與合一。

文末以一種極具詩意的，反向而繁複地解析了在「我」的視域或想像中，K的身體（墜落）／靈魂（昇空）表現出的優雅、淡然，以及作者最終所意圖傳達「任憑著自己的形骸在激流中翻騰」、「靈魂朝著月球飛翔而去」的形神論，其中更特別展現出對於身體（病體）與精神的賤斥關係，縱然「形具而神生」（《荀子．天論》）是不斷影響著人們對於「形體」、「精神」存有辯證的追求，但是是否真的是「形既朽滅，神亦飄散」？梶井基次郎大抵上，藉由「我」的「生」描述K的死亡，表述了另外一種「形盡而神不滅」的例證。

從這個角度來看，不論是在文本層次中，探究K的如何而死、為何而死，再或者跳脫情節內容，嘗試用推理解謎的視角，提出「我」與K互為分魂的大膽假設，似乎都不再是《K的昇天》的核心重點，作為本書讀者，可以再嘗試深入思究的是，K的結局是「形滅神在」，那麼在文本中，「我」透過回憶的重述，帶領讀者再次「目擊」K的存在，「我」或者作者所認同／嚮往的形神狀態，究竟是K的形體即使消滅，精神仍然永存的深刻與不朽，還是仍然回到他們初見面的場景，始終帶著鬼魅、迷濛的未知探索？

《K的昇天》似乎沒有給予清晰的答案，但這些想像也好、經驗重述也好，在本書書寫當下與完成的那一刻，或許都可以被視為梶井基次郎對病體的一種自我救贖吧。

解說者簡介／洪敍銘

文創聚落策展人、文學研究者與編輯。「托海爾：地方與經驗研究室」主理人，著有台灣推理研究專書《從「在地」到「台灣」：論「本格復興」前台灣推理小說的地方想像與建構》、〈理論與實務的連結：地方研究論述之外的「後場」〉等作，研究興趣以台灣推理文學發展史、小說的在地性詮釋為主。

乙女の本棚系列

『乙女の本棚』

典藏壓紋書盒版

《葉櫻與魔笛》
太宰治＋紗久楽さわ
《與押繪一同旅行的男子》
江戶川亂步＋しきみ
《檸檬》
梶井基次郎＋げみ
《蜜柑》
芥川龍之介＋げみ

定價：1,600元

『乙女の本棚II』

典藏壓紋書盒版

《瓶詰地獄》
夢野久作＋ホノジロトヲジ
《夜長姫與耳男》
坂口安吾＋夜汽車
《貓町》
萩原朔太郎＋しきみ
《夢十夜》
夏目漱石＋しきみ

定價：1,600元

『乙女の本棚III』
典藏壓紋書盒版

《女生徒》
太宰治＋今井キラ
《祕密》
谷崎潤一郎＋マツオヒロミ
《山月記》
中島敦＋ねこ助
《外科室》
泉鏡花＋ホノジロトヲジ

定價：1,600元

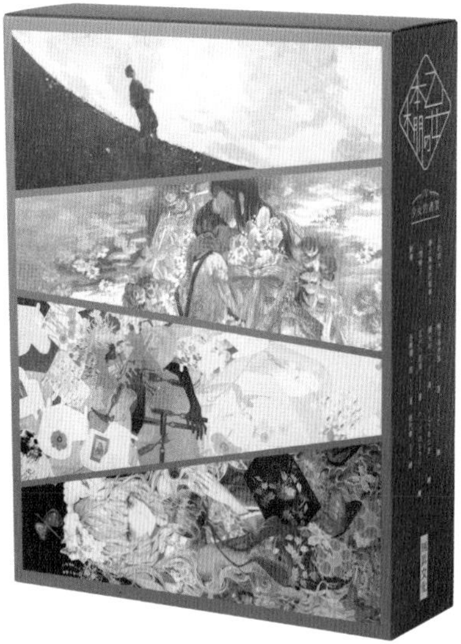

『乙女の本棚IV』
典藏壓紋書盒版

《K的昇天》
梶井基次郎＋しらこ
《春天乘坐於馬車上》
横光利一＋いとうあつき
《人間椅子》
江戸川亂歩＋ホノジロトヲジ
《刺青》
谷崎潤一郎＋夜汽車

定價：1,600元

乙女の本棚系列

『與押繪一同旅行的男子』
江戶川亂步＋しきみ
定價：400元

『檸檬』
梶井基次郎＋げみ
定價：400元

『葉櫻與魔笛』
太宰治＋紗久楽さわ
定價：400元

『蜜柑』
芥川龍之介＋げみ
定價：400元

『夜長姫與耳男』
坂口安吾＋夜汽車
定價：400元

『瓶詰地獄』
夢野久作＋ホノジロトヲジ
定價：400元

『貓町』
萩原朔太郎＋しきみ
定價：400元

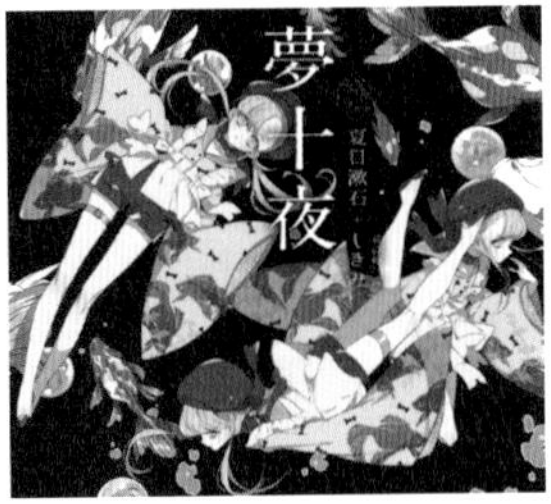

『夢十夜』
夏目漱石＋しきみ
定價：400元

乙女の本棚系列

『女生徒』
太宰治＋今井キラ
定價：400元

『山月記』
中島敦＋ねこ助
定價：400元

『外科室』
泉鏡花＋ホノジロトヲジ
定價：400元

『祕密』
谷崎潤一郎＋マツオヒロミ
定價：400元

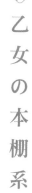

『K的昇天』
梶井基次郎＋しらこ
定價：400元

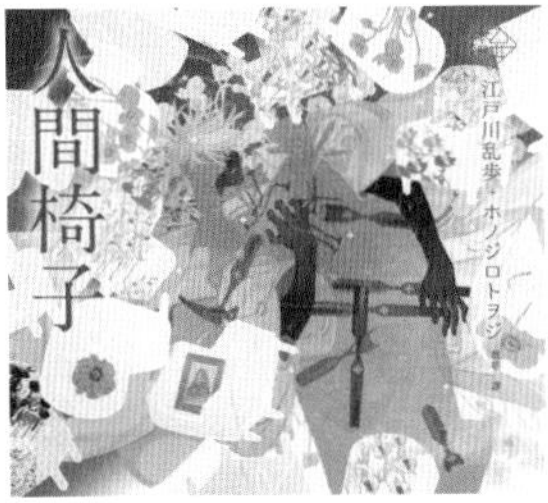

『人間椅子』
江戸川亂步＋ホノジロトヲジ
定價：400元

『春天乘坐於馬車上』
橫光利一＋いとうあつき
定價：400元

『刺青』
谷崎潤一郎＋夜汽車
定價：400元

譯者

李彥樺

1978年出生。日本關西大學文學博士。曾任台灣東吳大學日文系兼任助理教授。從事翻譯工作多年，譯作涵蓋文學、財經、實用叢書、旅遊手冊、輕小說、漫畫等各領域。現為專職譯者。
li.yanhua0211@gmail.com

國家圖書館出版品預行編目資料

K的昇天/梶井基次郎作；李彥樺譯. -- 初版. -- 新北市：瑞昇文化事業股份有限公司, 2022.11
60面 ;18.2X16.4公分

ISBN 978-986-401-585-6(精裝)

861.57　　111015291

TITLE

K的昇天

STAFF

出版　瑞昇文化事業股份有限公司
作者　梶井基次郎
繪師　しらこ
譯者　李彥樺

總編輯　郭湘齡
文字編輯　張聿雯
美術編輯　許菩真
排版　許菩真
製版　明宏彩色照相製版有限公司
印刷　桂林彩色印刷股份有限公司

法律顧問　立勤國際法律事務所　黃沛聲律師

戶名　瑞昇文化事業股份有限公司
劃撥帳號　19598343
地址　新北市中和區景平路464巷2弄1-4號
電話　(02)2945-3191
傳真　(02)2945-3190
網址　www.rising-books.com.tw
Mail　deepblue@rising-books.com.tw

初版日期　2022年11月
定價　400元